KB042096

천년의
시 0156

직선

천년의시 0156

직선

1판 1쇄 펴낸날 2024년 4월 12일
지은이 정건우
펴낸이 이재무
기획위원 김춘식, 유성호, 이형권, 임지연, 차성환, 홍용희
책임편집 박예솔
편집디자인 민성돈, 김지웅, 정영아
펴낸곳 (주)천년의시작
등록번호 제301-2012-033호
등록일자 2006년 1월 10일
주소 (03132) 서울시 종로구 삼일대로32길 36 운현신화타워 502호
전화 02-723-8668
팩스 02-723-8630
블로그 blog.naver.com/poemsijak
이메일 poemsijak@hanmail.net

정건우ⓒ, 2024, printed in Seoul, Korea

ISBN 978-89-6021-761-4
    978-89-6021-105-6 04810(세트)

값 11,000원

직선

정 건 우 시 집

천년의
시작

시인의 말

2005년도에 첫 시집을 겁 없이 냈다. 맹탕 헛것이 두들겨 대는 말할 수 없는 고통에 참 괴로워했었다. 여기저기 퍼질러 놓은 오물을 수거하여 불 싸지르고 싶었다. 지금도 시가 어렵고 가까이하기가 두렵지만, 천둥벌거숭이로 설치던 그때는 오죽했으랴. 이후, 디지털대학 문창과에서 시 공부를 4년 동안 나름 다시 치열하게 해서 두 번째 시집을 2009년도에 냈다. 도긴개긴이긴 마찬가지다. 미적 형태의 맥락 속에서 의미나 함축성을 구상화하는, 이른바 시적 형상화의 가늠자는 여전히 1차 감정선에서 어림하고 있다. 내 사유와 인지의 극점이 여기라는 사실을 겸허하게 받아들여야 했다. 그래도 마무리는 해야겠다는 결심을 했다. 하여, 2집 발간 후 10여 년 동안 습작해 놓았던 것에서 40여 편을 골랐다. 1부는 1집, 2부는 2집에서 각각 뽑아 새로 고쳐 내놓는다. 부분 개작 시집을 어쩌면 마지막이 될 수도 있겠다는 생각으로 발간하는 셈이다. 이렇게라도 해서 옛날 천둥벌거숭이를 위로해야겠다는 생각을 했다면 착각인가? 누가 이 졸 시집을 뒤적거리겠는가마는, 혹시 아들과 며느리와 생겨날 손자가 기억이라도 해 준다면 감지덕지겠다. 언제나 든든하게 곁에서 응원해 준 아내에게 무한한 존경과 감사함을 전한다.

2024년 4월, 포항 장성동에서 정건우

차 례

시인의 말

제1부

제2부

제3부

제1부

생각하며

생각하는 것은 바람이 되는 일
바람을 묶었던 매듭을 푸는 일
바람이 내게로 불어오면
지금 누군가가 나를 생각하고 있나니
다가오는 손길 따라 가슴 열리고
열린 가슴 위에 물결이 이네
가벼워진 내가 일렁이네
생각하는 것은 그에게로 가는 일.

오느냐

뒤란 봉창을 흔들고
소슬바람이 지나갔느냐
구둑구둑한 호박씨 까며 졸다가
햇살을 타고 노는 티끌 한 오리를 혹시 보았느냐
멍하니 기댄 벽에서 조바심이 나더냐
울리는 마음이 이내 길을 잡더냐

네가 온다니
나는 또 가슴을 앓는다
영 기별할 줄 모르게 바람꽃으로 와서
시골 간이역 우체통처럼
대청마루 한쪽에 앉아 있다가
기침도 없이 갔느냐

네가 간 후에야
너 온 것을 아는 가슴
새벽 비처럼 시리는 걸 아느냐

동구 밖 초입에
장승 같은 얼굴로 서 있으면
언제 또 오느냐.

설거지를 하면서

아내가 잠든 사이 설거지를 해 본다
덩그런 개수대 한중간에
양푼 냄비 바닥부터 층층이 쌓인 식기들
간장 종지는 밥그릇 안으로 파고들고
밥그릇은 국그릇 위에 얹히며
젓가락은 쭈뼛하게 돛대로 꽂힌 채
난파선처럼 기울어 있는 우리 살림 밑천들
큰 것은 작은 것을 보듬어 안고
켜켜이 속을 채운 오지랖 질서
해무海霧 같은 세제의 거품으로
오염된 생활의 부속을 씻긴다
화단이 내려다보이는 창문 안쪽에 바다가 있었다니
아내는 끼니 후에 난파되는 배의 키를 거두어
해신제를 지내듯 하루 꼭 세 번
이것들을 닦아 진설했구나
수없이 바다에 손을 담그고 절했겠구나
엔진처럼 따뜻한 밥이
식지 않기를 소망하면서
젖은 손을 갑문처럼 여닫아 묵은 바다를 비우고
새 바다를 담으려 하였겠구나.

서랍

서랍을 여는 순간
단단하던 어둠의 앞쪽이 일시에 허물어진다
스펀지가 물을 빨아들이듯
기척도 없이 안쪽으로 사그라진다

방금 닦은 욕실 타일처럼
반듯하고 화사하게 드러나는 바닥

아니다, 사그라지는 게 아니고
토하고 있다
어둠이 빛을 밀어내고 있는 것이다
복사기를 빠져나오는 꽃으로
오랜만에 안부를 물어 온 네 얼굴로

당기면 당길수록 뚜렷해지는
어둠의 건너편
애초부터 하나도 변한 게 없는
빛이었던 어둠.

미륵사지석탑

허물어진 슬픔이
이토록 아름답게 견고할 수 있다니
하늘 받치고 싶은 층층의 꿈
제물처럼 포갠 채
천사백 년 두께로 고이고 있는
창창한 무게
때로 수만 번 마음이 무너져
땅 밑으로 가 버리고도 싶으려니
눈 뜰 때마다
쉼 없이 파고드는 분열의 유혹
대님 치듯 동여 묶어
민흘림으로 다잡고 선 그대
발아래 질펀한 고통
구르는 낙엽에 얹어 날리며
홀로 오롯한 그대의 부서진 몸이
이렇게 찬연하다니.

달마시안

슬픈 눈빛도 기품이 있으니
아름답구나, 시詩 같은 몸매의 달마시안이여
핏덩이 때 찾아와 두 살이 넘게
이만 평 너른 공장에 혼자 살아도 지적인 눈빛
팽팽한 피부와 깔끔한 입술의 너는
아파트 옆 동으로 이사 온 누군가의 첫사랑 같다

웅크리고 듣는 공장 소음도 이제는 적막
이젤처럼 곧은 앞다리 나란히 뻗어 기지재 켜고
튕기는 어깨를 따라 뒤로 흐르는 바람 종아리에 얹은 채
검어서 맑은 눈동자 감추고 그윽하구나

누가 너에게 보행의 깊이를 가르치지 않았어도
유연하게 따라오는 안정된 리듬의 침묵
누가 너에게 조화調和와 구성構成을 논하지 않았어도
치밀한 몸매에 화엄사 흑매로 들어가 박혀
어느 나라 명가의 문양처럼 빛나는 검은 점

달마시안이여
숙명으로 흐르는 존귀한 피의 표정은
네 눈망울처럼 고독한가 보다.

마주하는 곳

무릎과 무릎이 닿을 거리에서
마주하면
그 많던 말이 사라진다
말 없는 네 눈을 촉촉하게 바라보면
두 숨이 꿈처럼 섞인다
네 숨결이 닿는 곳에 내 마음이 고여 있다
마주하고 있다는 게
설렘이고 기쁨이어서
이렇게 마냥 들뜨는 부푼 공간이어서
섞인 숨을 나눠 마시면
떠돌던 것들이 모두 휘몰려 들어와
심장이 떠미는 곳에서 포도처럼 아롱진다
마주하는 곳은
숨결 섞인 가슴 있는 곳이다
그 어떤 것이라도 너에게 관심이 있는
마음이 되는 곳이다.

벽장

벽장을 열면 튼튼한 어둠
배내옷에 게워 놓은 내 젖내가 숙성해 있고
고민 많던 청년의 눈물이
켜켜이 쌓인 시간 속에 절어 있다

사랑해서 차마 버리지 못한
색 바랜 가방 같은 물건들이 숨을 쉬다니
밤잠을 설치다 울음으로 떠났던 그때로 돌아와
이토록 가슴 아린 향기를 품다니

첨이자 마지막으로 입술 주고 떠난 여자의
이별 끝에 만져지던 손톱처럼
먼지 속에서도 번들거리는 저 표면들
가슴 세우고 깨금발로 서서
눈물 고이게 숨을 들이켜 본다

미련에 떠돌다가
숨길을 타고 들어 온 콧속의 먼지들이
숨 쉴 때마다 파리하게 소스라친다
허파 속 가장 깊은 곳을 돌아 나온 벽장 공기가

보이차 같은 쿰쿰한 향내로
고단한 먼지들을 삭인다.

언 강江

필시 저것은 강의 등일 것이다

흐르는 것들에겐 곰곰한 생각이 있다
궁리가 서자 행동하는 사람처럼
저 강물도 수백 년, 저마다의 길로 갔을 것이다
몸보다 앞서다가 뒤따르던 고민이
비로소 몸의 행보에 울음으로 화답하게 되는 순간
가라앉게 되는 것이니
강은 바닥에 등을 대고 온몸을 활짝 열어젖힌 채
깨트린 화두를 고이 받든다
차가움이 깊으면 어는 것이다
히말라야 칸첸중가처럼 고고해지는 것이다
찬 것은 본디 맑은 것으로부터 왔던 것
낙수落水가 사무치도록 명징한 빛깔이어서
흐르며 얼듯이
물속에서 쉼 없이 씻기고
가라앉기 직전까지 헹궈진 생각의 결정結晶들이
온통 강바닥에 대선사의 육신사리처럼 내려앉기에
겸허해진 강은 몸을 뒤집었을 것이다
서슬 푸르게 얼어붙으며

반듯하게 정리된 표면에서 강은
가장 높은 안쪽에 영롱한 보석을 모시고
마음의 짐들이 또다시 가서 닿을 그곳의 수심을
가늠하고 있을 것이다.

통곡

아랫배 단전 부근 어딘가 깊은 곳에
무언가가 있다는 걸 알았다
등을 활처럼 휜 채 나를 받치고 있는 그것은
깊숙이 내 심지에 간여하고 있다
내 발목을 동아줄로 묶어 놓고는
세상 밖으로 뛰쳐나가는 나를 잡아당겨 제압하고
낙심해서 치를 떨고 가라앉으면
줄을 잡아채는 서슬에 소스라친 내가
튕기어 올라 멀쩡하게 돌아가는 걸 관찰한다
날 어르며 팽팽한 손맛을 즐기는 그와
마흔이 넘어서 인사하게 되었다
말없이 살던 내가 말 없다는 이유로 세상에 치이던 어느 날
갑자기 아랫배가 꾸물거렸다
둔중하던 그 등이 쪼개지면서 벌어진 틈새로
진한 골수가 생리대 피처럼 번지는데,
오스스 소름이 돋는 아랫배를 휘감아 비틀며
스멀스멀 올라오는데, 이게 무어냐
숨길이 턱턱 막히게 구멍이란 구멍을 틀어막고
오장육부를 뒤섞으며 죽일 듯이
장맛비에 둑을 터뜨린 강물로 올라오는, 이게 무어냐

그러다 가슴까지 와서 그 물이 한꺼번에 불덩어리로 번지
더니
숨 막혀 죽기 직전에 화산처럼 목구멍으로 터져 나간 이것은
울음이더냐
마흔이 넘어 비로소 나는 오열한다
내 생의 한복판에 서 있는 그도 어쩔 수 없는
안쓰러움에 울음 운다
갈매나무 가지마다 그 정하다는,
백설의 서늘함으로 올곧을 수 있기를 채근하며
드맑게 삼켜 온 숨결이 가라앉아
척수에 닿길 바랐던 눈꽃 같은 침전에 목 놓는다
삼백예순날을 마냥 울 수 없기에
갈라진 그 등에 얼굴 박고 엉겨들어
다만 오늘 통곡한다.

미애

오랜만에 김 형이 또
느지막하게 취했나 보다
말없이 사는 일에 이골 난 그가
취하면 똑 고향 옛집 토담으로 보인다던
아파트 담벼락을 부둥키려 버둥대며
아내를 부르는 모양이다

미애야
미애야아

부를수록 뭉글어지는 그 소리가
어슴푸레한 단잠을 비집고
운명하는 사람 유언처럼 그르렁대는데
반쯤 열린 귀밑으로
억장이 무너져 나뒹군다

지척에 마누라는
잠꼬대로 넘어가고 있을 달 없는 한밤
손가락이 몽땅 뭉개지도록
부둥켜안을 미애는 어디 먼 데를 헤매고 있나?

부르다 목젖이 문드러질 이름 하나가
내게도 있었던가.

발바닥

이불 밖으로 삐져나온 아내 발바닥이
소금에 절인 조선무 같다
하루 종일 버무려지던 열기 속에서
기진맥진 숨 죽었구나

걷는 게 별것이 아니라는 듯
붉었다가 희었다가를 반복하는 일이라는 듯
내보이는 자글자글한 바닥

내 족보 속 온갖 피톨들이
이 등에 올라타고 빨리 가자며 재촉하는데
신경통처럼 쑤셔 오는 세간붙이를
한 뼘 되는 요 바닥으로 다잡고 가라는데

만져 보는 뒤꿈치에 뭉툭한 독기
모질게 뭉친 이 기운이 아내를 서 있게 하였구나
때때로 자기도 귀찮아지는 체중을
떠받치게 하였구나.

생리대

화장실 휴지통에 대충 뭉쳐서 버려진 생리대
비명에 절어 문드러진 검붉은 피가
오금 저리게 낭자하다
어떤 생각으로 아내는 한 생을 깊이 아파했었던
저 비린 것을 귀퉁이에 구겨 넣었을까

머리에서 발끝까지
구석구석에서 펄떡거리다가
골수처럼 농축된 이 뻑뻑한 목숨의 침전물을
망설임 없이 용도폐기했을까

문드러진 저 핏속에서 내가 나왔다
시뻘겋던 저 피를 그리워하면서 내가 죽을 것이다

생명의 숨결이 어른거리는
신전神殿보다 만 곱절이나 성스러운 자궁의 벽을
선홍빛으로 휘돌며 뭉근했을 저 피
서늘히 달뜨는 가슴을 들어내 너를 덮는다.

강변맨션

아파트 입구가 스프레이 환칠로 어지럽다
어떤 이의 하루가 이 바닥에서 나뒹군 것일까?
석양을 안고 돌아오는 사람과
도심의 어둠으로 가는 사람이 부닥치는 여기
개어귀에 검문소처럼 서 있는
아파트 어느 두 집의 창문이 까맣게 타겠구나
오가는 발걸음 분분한 속도만큼
높낮이 다른 숨결로 층층에 사는 사람들
어둑한 발코니에서 가슴을 쥐어뜯으며
가로등에 반사된 빛으로 흐르는 강물을 볼 것이다
고민과 꿈으로 저토록 담담하게 가다가
끝내 바다가 되는 저 강물
쉼 없이 헤어지고 다시 만나 흐르고
시퍼런 침묵 속에서 썰물도 되고 밀물도 되는
불빛을 따라 흐르는 강은 유유하고
곰곰한 숨길이 밤새 점멸하는 강변맨션.

단풍

한 줄기에 살았었다고
똑같이 물드는 건 아닌가 보다

이파리 하나마다
바람 한 뼘, 햇살 한 줌
이슬 몇 방울

마디 하나하나가 온통 절박하구나
저마다의 세상을
울긋불긋 매단 사연들

층층으로 뻗어 나간
가지 끝에서
서로 다른 애절함으로 속을 끓이다
끝내 혼절해 버린
저 생각 있는 빛깔들.

그녀가 돌아서서 웃는다

웃으면서 돌아선 게 아니다
그녀를 부르고
두근두근 뒷모습을 바라보는데
이름 끝자를 외치자마자
그녀가 서슴없이 돌아서더니
말없이 바로 웃는다
목젖을 발그랗게 내보이며 웃는다
멈춘 발목을 중심축으로
기우뚱하며 세상의 어깨가 돌아가고
그냥 꽃 피는 그녀의 얼굴
밤과 낮이 바뀌는 방식을 시연하듯이
겨울이 봄으로 가는 모양새도 이렇다는 듯이
별일 없다는 표정으로
궁금했던 앞면을 활짝 젖힌다
천체 우주 삼라만상이 온통 환하다.

칠 번 국도

이토록 아득한 가슴을 매만지는 파도가 있다
포항에서 강릉에 이르는,
바람을 등지고 돌아서는 나를 흔들어
파도 앞에 되돌린 내 마음의 동쪽
양미리처럼 마르던 가슴 바닷바람이 쓸어 주었지
마지막으로 다가온 파도의 어깨로
던져 버린 눈물, 바람이 걷어 가
해안선 도로 위에 풍장을 해 주었네
별빛으로 가는 내 영혼의 발목을 끝없이 받쳐 주던
이 광대한 파도의 길
그대여, 덤불 같은 네 마음의 동쪽 테두리도 어쩌면
망막하고 단순할지도 몰라
사는 동안 마음이 염전처럼 졸아들 때면 그대도
앞 단추를 풀고 칠 번 국도로 가 보시라
누군가 떨군 눈물로 굳은 이 길에 서 있으면
눈앞은 온통 활주로일 것이다
그대는 거기서
궁리하던 가장 절박한 방식으로 바닥을 박차고 이륙해
안목 등대로 날아가시라
갈매기와 파도와 바람이 어우러진 길 끝 거기에서
바람의 등을 타고 온 마음의 자유를 보시라.

제2부

청사포青沙浦에서

푸른 것이 눈에 담기면
이토록 서러워지는 마음이라니
모래와 물빛이
아득히 맑은 게 서글퍼서

시퍼런 몸
제비처럼 내리꽂으며
바닷속으로 사라졌다던
뱀이 살던 포구

비늘처럼 살아서
물결은 파랗게 오고
바닷물을 떠서 보는 마음 뒤엔
손바닥에 생각의 껍데기가 허옇게 남는데

달맞이 고개를 돌아
허리를 휘감듯이 달려오는
기차 같은 그리움.

가도상회

어떻게 돼먹은 빌어먹을 사과가
난리 통에 다리 밑에서 낳은 계집애처럼
간장 종지만 한 모타리에 칠칠찮게 병이 많은지

성깔은 더러워서
큰 비 몇 방울에도 낙상을 하는지
들입다 대가리를 처박고 짓물러지는지

강원도 양구군 중앙시장 안쪽에 칙칙한 가도상회
불 꺼진 골목처럼 처량하게 쌓아 놓은
사과 궤짝 아래에 또 궤짝을 깔고 앉은 소녀

왕겨 속 사과를 목장갑으로 문대며
경상도 말투로 구시렁대던 저 아이가
열여섯 살 내 동기라 했다

홍옥마냥 시뻘건 립스틱을 바르고 동창회에 나온 소녀
사십 년 묵은 사과 향기를 기침으로 토하며
꼭지를 따듯 말한다

>

많이 아팠다

남편은 진작에 먼 곳으로 갔다

다니러 오던 길에 소식 듣고 왔다

시큼하고 아삭아삭한 인생은 물을 건너도 없더라.

비탈에서

자드락밭에서 풀을 뽑는데
자꾸만 한쪽 무릎이 허물어지며
몸 전체가 아래로 곤두박질치려고 한다

중력의 법칙도 제쳐 버리는 이 비탈에서
질리도록 푸르고 꼿꼿한 잡초
시간은 사십오 도로 낫질하듯이
푸른 표면에 숱한 상처를 남기며 쓸고 가지만

땅 밑에, 아득히 깊은 마음 아래에
닿고 싶은 하늘은 있어
가장 가까운 수직의 거리로 뿌리 내리느니

지상의 몸이 흔들리면 흔들릴수록
더욱더 단단하게 응집하는
저 깊은 생의 중심.

포항선착장

대합실에 들어서면 껌 냄새가 난다
기다리는 사람과, 문을 밀고 들어오는 사람의
숨결 같은 향기

섰는 이 앉은 이 할 것 없이 껌을 씹는데
폐 속이 자그럽다 마치 파도가 오는 것 같다

울렁거리는 가슴을 쉼 없이 씹어 다지는
사람들 옆에 서 있으면
내 고향 강원도 양구 산속 군인극장에 온 것 같다

배는 아침 열 시 정각에 울릉도로 가고
구경 온 나만 혼자 남아
썰물처럼 빠져나가는 향기를 좇는다

할 말이 많다는 듯 고동이 울린다
시퍼런 바다를 이고 집으로 오는데
멀어졌던 메아리처럼 돌아온 향기가 귀밑에 있다.

평화여인숙

너도 그랬었는지
낯선 역 빈 광장에서 막차를 보내고
기다리던 사람도 보내고 비를 맞는
저 귀대 직전의 휴가병처럼
보낼 것 다 보내고 난 뒤에 찾아온 신열身熱 같은 것이
선득한 안부를 묻게 했는지
사람아, 나 죽은 후에 늦은 안부를 묻고
저기 세류역 건너 축축한 평화여인숙
하잔한 문 앞에
전구처럼 발개질 오랜 사람아
뒷문이 없어 서글픈 여인숙 골목을
둘이 걸으며 숨고 싶어라
세상 처음 약속을 어기는 듯이 너에게
옆구리 상처를 보여 주고 싶어라
머스마를 밤새 다그치는 옆방 가시내 발칙한 조건을
너와 함께 따져 보고 싶어라.

영월 일박

광천리 매미는 열에 아홉
아칠한 우듬지에서 목을 놓는다
고주파에 몸서리를 치고 있는 가지 끝 이파리
실색하여 일찍 떠날 준비를 하고
이슬에 비치는 맑은 죽음도 무섭지 않고
수액에 자글자글한 오백 년 통증
매미처럼 부대끼고만 있구나
청령포, 이름대로 서늘하게 감아 도는 물길 앞에서
내 눈은 어디를 떠가나
한가슴으로 굽이쳐 오는 강의 울음과
조카보다도 훨씬 어린 왕의 근심을 부둥켜안고 나는
휘적휘적 늙은 아비로 돌아 나오느니
왔던 길을 버리고,
휴대폰도 내팽개쳐 버리고,
TV도 켜지 않고 싱숭생숭 누워 버린
영월 일박.

감포대로甘浦大路

.

고단한 옥체를 이끄시고
대왕께옵서 내림하시나 보다
감은사 금당 지하 물소리 질벅거리고
수런대던 것들 입을 봉한다

한밤을 꿰뚫고 느리게 불어오는
바람에 얹혀, 봉길리 앞바다의 만파식적
은은한 피리 소리 코앞인데

길 위에 석탑은 한 쌍
찰주에 찔린 시커먼 하늘 틈새로
흉터처럼 쏟아지는 별빛

자글자글한 감포대로
광대한 이 길을 끝까지 걸어가면
발목을 담글 바다가 있어
신발을 벗는다.

담

난들, 왜 치솟고 싶지 않겠나
왜 나라고 제비처럼 날아
깡그리 저 창공을 난도질하고 싶지 않겠나
처음 이곳에 날 세운 것은
가슴 높이 만큼만 쌓고 싶었던 그대의 꿈이었지
그러나 분명히 나는 봤지
내가 솟으면 솟을수록 그대 어깨가
뭉그러져 갔다는 것을
날 꼼꼼하게 치장할수록 그대 가슴이
바람도 오갈 수 없게 숨 막혀 갔다는 것을
내 바깥이 그럴듯하게 덧칠해질 때
그대 그림자로 안쪽은 동굴보다 더 막막하였으니
나 이제 그만 주저앉고 싶다
바닥에 가슴을 대고 싶다
뜨거웠던 그대가 언젠가 한번, 세상에 그어 놓았던
흔적이고 싶다.

거룩한 방뇨

긴 병상을 걸어 눈앞이
새털처럼 화사한 날
자드락 채소밭에 할머니 오줌 누시네
비탈에서 사느라
몸 세우기 힘든 시퍼런 것들
물 주시네, 오래 살라고
한껏 품어 주라고
삼남 오녀, 시커먼 목숨들을 뽑아낸
고단했던 음부를 땅에 대시네
다독거리시네.

절벽

예전엔 여기도 길이었으리
낙엽 사이 바람도 흙이 되던 시간을 밟고 간
땅 위에 모두 살아 있었던 것들
그 분분했던 발길 있었으리

비와 바람과 햇볕과
지나가는 것들이 길을 내고 또 다른 흔적 위에
다시 길이 얹히고
내려앉은 것들이 쌓여서 탑처럼 생긴
고적한 지층

더는 가지 못할 발길의 슬픔과
바람의 등을 타고 가는 마음의 자유가
공존하는 이 직립의 경계선에서

저마다 다른 절박함으로
층층에 쌓여 있는
저 견고한 생각의 단면斷面들.

해처럼

저 해처럼 가고 싶어라
그저 이글거리면서
저토록 소리 없이 가고 싶어라
산을 넘어가서 어두워졌다고 탓할 수 없는
사철 밝은 저 해처럼
뿌옇게 동터 오는 저 너머 창가에
기다리는 사람 얼굴 위에 내리는 햇살로
설레는 걸음으로 가고 싶어라
산을 넘어가서 바다를 열고
걷어 낸 어둠의 끝에서
새벽을 두드리듯 가고 싶어라
가려진 것들 등을 만지며
별일 아닌 듯이 가고 싶어라.

개

밥 먹는 너의 어깨가
왜 이렇게 내 가슴을 울렁이게 하느냐
탄탄한 자세의 짐승이여

더는 머리를 쳐들지 않고, 조아리지도 않고
가슴만큼 발 벌려 황홀하게 밥 먹는 개
저 자신 지킬 수 있는 중심 반경을
견고하게 만들 줄 아는 저 개

생을 밀고 가는 동력은
여유 만만하고 소리 요란하게 끝낸 식사 이후
〈넬라 판타지아〉처럼 근사한 여운으로 오는 것이 아니라
단순하고 절박한 것에서 생기는구나

씹지 않고 삼키며 당장 해결해 버리는
네 삶의 시급한 갈증
당당한 눈빛으로 먹고 그 포만으로 고개 돌리는
네 욕망의 절제된 환희.

횡단보도에서

왼손으론 어미 엄지를 말아 쥐고
오른 주먹은 옹골차게 하늘로 치뻗은 채
아장아장 도로를 가로지르는
저 똘똘한 세 살 아이의 눈

서슴없이 어미를 잡아끄는 저 힘으로
모세는 홍해를 건너갔을 것인데,
오늘은 내가 다른 사람 같아서 울고 싶은 오후

자전하는 지구조차 멈춰 세운 너에게
와글대던 도로를 울릉도 앞바다로 바꾼 네 오른손에
가장 공손한 자세로 절하고 싶구나

천 길 절벽, 솔잎 끝 시퍼런 이슬 같은
네 눈동자 속에서
온통 나를 풀어헤쳐 통곡하고 싶구나.

안쪽

뒤집어 말리는 옷가지는 어설퍼 보여
빨랫줄에 널어놓으니
더부살이 살림 밑천 같아 서글프네

애처롭게 생긴 자투리들
멀쩡한 바깥쪽 뒷면에 감춰진 채
그렇고 그런 방식으로 아름작아름작 꿰매진 것들

다림질을 해도
번듯해지지 않는 조각들이 나를 사랑했네

거스러미 가득한 어둠 속에
나를 사랑하는 것들이 구겨져 있었네
숨 쉴 때마다, 어설프고 서글픈 것들이 온몸으로
나를 감싸고 있었네.

포항 역전을 지나며

죽도시장 입구에서
포항 역전을 향해 걸어 봅니다
노망든 아버지가
질경이처럼 누워 있는 식물 아내를 만나러
한 달에 두 번 중얼중얼 바닥을 헤며 걷던 길입니다

보도블록에 알 듯 말 듯 박혀 있는 세상
이백사십오 밀리 운동화 두 바닥으로 훑어 가면서
세 번 넘어졌다던 역전을 휘돌아
철둑 건너 노인 병원으로 갔을 아버지

역 광장 벤치에 사람들은 꿈꾸는 표정들입니다
기차가 한 방향으로 늘어서 있듯이
앉아 있는 사람들도 결국, 일어서서
모두 어디론가 갈 것입니다

아닌 듯 긴 듯
별안간 명료해지던 아버지 기억마냥
기적 소리가, 철둑을 넘어가는 내 귓가에
오래전 누구에게 했었던 약속처럼 들려옵니다.

아내가 운다

치매로 아픈 아버지가 목을 졸랐던 때도,
전교 일등 하던 첫째가
막차로 들어간 삼류 대학 입학식 때도 울지 않았던
사람이 운다

비 그친 늦은 밤에 서럽고, 단단한 울음
비에 섞였던 무언가가 꿰뚫고 지나가서 아플
마흔아홉 살 여자의 무른 등

노을 진 해변에서 울던 어느 날처럼
아내도 우는 것일까?
발등을 쓸고 수평선 너머로 가 버린 파도 저편에
나처럼 아픈 또 어떤 한 사람이 서 있을 것만 같던 그날
보이지 않는 끝은 저리 아득해서 애달파
시퍼렇게 내리던 비가 그친 지금
아내도 누군가의 안부가 궁금해졌을까?

등을 받치고 있는 아내의 벽이 가늘게 떨린다
손수건 한 장 건네지 못하고
나는 그녀가 기댄 세상에서 숨죽여 나온다.

낙엽

저 나무에서 떨어지는 것은
수천 마디 말이다
이파리와 이파리 사이를 쉼 없이 드나들며
바람과 햇볕이 심어 놓은
음성 기호다
봄여름 가을 초록이 영글어
끝없이 부대끼던 가슴들이 저마다 고민으로
형형색색 지쳐 왔겠으니
나는 여태껏 저 나뭇가지가 붙들고 있었던
미련의 끝을 보고 있었던 게 아니라
숱한 날 주고받았던
우수수한 사연을 듣고 있었구나
가을 숲은 그래서 고요하고
가지 사이를 스쳐 지나는 바람도
침묵을 안다.

제3부

직선

그토록 보고 싶어 했던 바다를
열일곱에 처음 봤을 때
눈물만 나더라
강원도 양구 산골에서는
단 한 번 꿈에서도 볼 수 없었던
세상에서 가장 길고 선명한 직선이 무섭게
끝도 없이 그어져 있더라
파도 앞에 주저앉아 많이 울었다
구름 사이로 뽀얀 햇살은
수만 갈래로 흩어져
아득한 수평선에 화살처럼 내리꽂히고
고요하고 시퍼런 바다
눈물 속에서 그저 넘실대고만 있더라
어쩌라고,
아아, 나더러 뭘 어찌하라고.

담배

나와 윤 모는 회사를 같이 다니며
한 십오 년, 담배를 나눠 피웠다
마누라 등쌀에 한날한시
둘이 담배를 끊고 삼 년이 지나서
입술이 깔끔해질 무렵
회사가 덜컥 부도가 나는 것이었다
사방에 전화가 서릿발 같은 밤 아홉 시
담배 두 개비를 구해 와서
하나를 슬그머니 윤 모에게 건네니, 그는
사무실 전등을 묵묵히 잡아 끄고
내 담배 끝에 불을 댕겨 주는 것이었다
두 불이 마주 보며 숨을 쉬는데
그럴 때마다, 검붉은 빛깔의 우주가 않는 짐승 소리로
소멸 생성을 반복하는 것이었다
소름 끼치도록 시뻘건 생명의 한복판을
눈앞에서 보았다.

뭄바이*에서

아마도 거기였을 것이다
유달리 그늘이 짙던 그 다리 밑
무심결에 렌터카로 지나가는데, 아버지가
거기에 계시는 것이다
스물두셋 돼 보이는 내 아버지가
따발총 소리를 냅다 지르며 내빼는 오토릭샤 꽁무니를
무릎 끌어안고 보고 계셨던 것이다
너덜너덜한 남방셔츠를 걷으면 왼쪽 어깨에
호두알만 한 우두 자국이 낙관으로 찍혀 있을 것이다
낙타 눈의 아버지는 근심이 깊었고
나는 그이의 말초신경 어딘가에서
꼼지락거리고 있었을 것이다.

* 뭄바이: 인도 마하라슈트라주의 주도. 인도 최대의 도시.

시간의 모습

수도꼭지 아래를 가만히 보니
욕조를 자근자근 씹으며 차오르는 수위水位
아하, 바로 저런 모습이다
불던 바람이 잠시 그치고 다시 부는 사이
넘어졌다 또 걷는 첫돌배기 왼발과 오른발 사이에서
잠깐 자신을 드러내는,
이 물소리도 기실은 그 소리다
아파트 캄캄한 배관 속을 돌아다니는 것도 그것이다
내가 지금 수도꼭지를 튼 것은
그것이 궁금했기 때문일까?
이쪽과 저쪽, 긴 것과 아닌 것
그 서먹한 틈새에서
이후에 생길 사건을 궁금하게 만드는,
물이 넘친다
떠밀린 바가지는 바닥에서 요란하고
절박하고 고요한 것이
사방팔방으로 다시 흩어져 간다.

나사

인간이 만든 이 세상 모든 물건 중에서
가장 위대하고 거룩한 것이다

그 작은 쇠붙이가
여기저기 홀로된 것들 끌어다 맞춰 한 틀로 만들고
저는 그저 몸을 묻고 말 없을 뿐이다

나사를 돌리면 틈이 메워진다
한쪽이 다른 한쪽을 무지막지하게 끌어당기는
저 고요하고 끈끈한 골의 힘

만져 보면 언제나 표면 아래에
반듯한 얼굴의 너
또 그 아래 깊고 견고한 네 마음이 잠긴 자리.

상강 무렵

이십구 년 전 열아홉 평 아파트를 사서
십오 년 살다 세놓고, 평수 넓혀 시내로 나갔습니다
달포 전, 아홉 번째 세입자가 갑자기 떠나
다시 세놓을 참에 청소나 할까 해서 계단을 오르다
오 층에서 무릎을 허물었습니다
뒤틀린 거실 창 힘줘 젖힐 땐 늑막이 쑤셨습니다
오래된 갱지 냄새가,
뭉클하게 폐를 뒤집고는 창문을 여는 손등을 타고
찬찬히 빠져나갔습니다
작년에 접질린 발목 올해 또 다치듯이
아파트 귀퉁이가 그새 더 많이 상했습니다
구석구석 훔치다가,
신발장 모서리에 박힌 종잇조각을 발견했습니다
번창繁昌이라고 쓰인, 아아, 아버지 필첩니다
물걸레 내려놓고 잠시 앉았습니다
불쾌한 얼굴 처음 내시던 집들이 땝니다
틈새를 챙겨야 해, 사람도 집도 거기부터 상해
오금까지 부은 다릴 베개에 얹고, 모로 누워서
벽에 대고 그러시더니
언제 신발장에 가셨다는 건지 도통 모를 일입니다

창문 몇 개 두드려 닫고
방금 가신 양반 배웅을 나왔는데 날이 저물었습니다
지금 내 나이로 오셨던 그날도 그랬습니다.

폭설

고구마를 깎는데 친구가 왔다
지나던 길에 눈이 많다고
바짓가랑이 후려 털며 구시렁댄다
뭐 하며 노느냐고 묻기에
눈 속으로 파고드는 장독 뚜껑이 희한타 했네
언제까지 저럴지 두고 볼 참이라고
실없다며 친구는 아랫목에 사마귀처럼 누워서
날고구마를 입술로 재주껏 굴려
신소리하면서 잘도 먹는다
뒷산 나뭇가지가 멀리서 가까이서 구부러지는 듯
우지끈 소리 봉당 턱에서 우수수하고
앞마당도 이내 설원이 되고
건넌마을은 숫제 어디론가로 사라진 것 같다
눈은 죽자고 덤비듯이 내리쏟고
저 아래서 누굴 부르는 소리가 가물가물하다
야야 아무래도 저녁 해 먹고
자고 가야겠다고 말하자마자 친구는
벌써 잠이 들었다

오랜만에 양구楊口에 살고 있는 그에게서
밤늦게 전화가 왔다.

오늘은

아버지, 오늘은 영이 맑으신지
병실에서 나와 바라보시네
저 창밖 깊은 계곡에, 구름이 내려앉은 능선에
바람이 부는지 흔들리는
나뭇가지 사이에서 손짓하는 것들
양미간을 좁히고 조준하듯이 보고 계시네
옆에서 아버지를 바라보니
아버지는 이제 아버지를 한참이나 초월하신 도인이네
눈물이 그렇게 말하는데
저 이슬은 아마도 삼만 년 전 것일 듯
안개로 구름으로 비로 억겁을 떠돌다 지금은
다시 구름으로 저 능선에 앉은 것인데
아버지, 그것을 알아보시는지 우시네, 아니 웃으시네
삼만 년 전, 그 웃음과 눈물의 경계마저 허무시네
저 손짓이 낯익은지 눈이 빛나네
당신 몸을 빌려 살았던
온갖 것들 소리가 저 계곡에 가득하네
아버지, 오늘은 영이 맑으시네
당신이 거느리신 영혼의 그늘 속에서
이슬도 초롱하네.

큰어머니

큰어머니가 어렵다는 전화가 와서
충남대학병원으로 올라갔다
창가에서 굽은 등을 말리시던 큰어머니는
겨우 뜬 초승달 눈썹으로
서방님한테는 미안해서 죽기도 어렵다고만 하신다
말라붙은 볼우물 혀끝으로 퍼올리면서
옛날 살붙이들 호명할 때마다 목을 놓으시는데
아버지와 삼촌과 네 고모
먹이 보고 몰려드는 피라미 떼 같은
그 파릿파릿한 지느러미들이
역광 속에서 더욱 생생해지는 눈 그늘에
온통 이슬로 총총한 것이었다
열아홉 새색시 가슴에 한가득했던 게
저녁샛별도 그때는 망연한 근심
보낸 것인지 떠난 것인지 묻지 않았던 시간 속에서
모두 갈 것이고, 어언간 조카도 이만큼 늙었다
문화 류씨 경희 여사는 손등도 곱네
조카는 웃으며 우는데 울면서 웃는 큰어머니.

뒷모습

골목길 모텔을 빠져나와
어깨싸움하며 가는 젊은 연인의
저기 저 환한 뒷모습
야근하고 집에 가는 걸음으로 보고 있자니
가슴 시려라

들고 멘 손가방 하나 없이
머스마 옆구리를 자꾸 쥐어박으며
발칙하게 웃는 가시나 째진 목소리
싱싱하여라

돌아올 아침은 아무런 기별도 없이 감감해서
귓속만큼 깊어진 이 밤
별 아래 숨소리들 이리 고른데

가로등을 잡아끌고 어디로 가나
저 탱탱한 반쪽들
티격태격 이 새벽에.

주점 간이역

뱃살 때문에 밤마다 좀 걷지요
춘천 여자가 가지런히 웃는다
차라리 며칠 굶으셔요
새벽에 산책하러 나섰다가
그 길로 천 리나 먼 이 갯가를 찾아왔다는
흑니켈 갓등 아래 막내 같은 여자
영천 이씨, 마흔네 살
궁금한 게 많으시니 절박해 보이진 않네요
아시나요?
원치 않는 곳에 나를 두는 일
단호한 손목으로 여자가 세 번째 술잔을 꺾었다
손님이 남긴 술 모조리 털어 마셔도
도로 밍밍해지는 일
비탈에 꼿꼿한 잡초 같은,
여자가 함초롬한 눈초리로 묻는다
그런 걸 아시냐고.

다시 두호시장에서

저물녘 십자가는 오늘도
좌우 공평하고 넉넉하니 전봇대에 등을 내주고
오랜 묵상으로 숙연하구나
그동안에 할머니는 죽으셨는지
이가 빠진 모서리 경계석은 홀로 담담하고
푸성귀 팔던 자리만 올롱하니
예수 머리 뒤의 원광처럼 은은하구나
오가는 사람들 손바닥에 전단지로 서리다가
시커먼 창틀 아래 생선 연기로 타들다가
매대 위 삼파장 전구에 매달려 어둠을 쫓던 예수가
잠시 자리를 비우듯
할머니 가고 없는 시장통 골목으로
이른 저녁 바람이 뭉그적거리며 지난다
별일 없었구나
누가 뒤에 있다는 듯이 다들 그렇게
고만고만 괜찮구나.

생生이 지나간 자리

비 그치고, 화단에서 등을 말리던 지렁이가
어딘가로 가고 있다
진흙 한쪽에 적적한 저 유연한 선회의 흔적
다시 어둠으로 가고 있는 지렁이
화사한 햇살 속, 한 오리 실 같은 그늘의 선을
온몸으로 지우며 가고 있다
축축한 슬픔의 저쪽
살아 있거나, 살아간 것들이 애타게 찾았던
나직한 연민의 방향이다
순간에도 머물지 않았던 목숨이
지난했던 발길로 표시해 두었던 생의 좌표다
흐르고 변하는 것들 속에서
남겨진 시간의 흔적은 저리도 쨍하구나
아버지가 생전에 자주 오셨던 포항역 벤치에
뜻 없이 앉아 본 오늘
눈물로 번지는 기적 소리 같구나.

늦가을

옥포 화원을 막 지나
언덕마다 빽빽한 아파트 옥상으로
오색 삼삼한 가을이 언뜻언뜻 내려앉는 길가에서
너를 보았다
돌배기 딸을 가슴에 매단 채
생각 없는 낯빛으로 커피 빨대를 물고 있는 너
뭄바이 마린 드라이브 해변에선
목소리 신비했던 아라비아 귀부인이었지
바람의 감촉을 기억한다
한쪽에 오소소 몸 소름이 돋을 때
이내 다른 한쪽이 뜨거워지기 시작하던
감기 같은 이상 발열로 속이 끓었지
네가 떠다니는 등고선을 따라
아직 오지 않은 바람이 이미 왔던 바람을 데려다 놓고
또 어디로 불어 가는,
오늘은 여기 옥포 화원을 막 지난 길모퉁이.

그림자놀이

나와 촛불 사이로 낯익은 것들이 지나간다
내가, 내 생의 들창에 드리우고 싶었던 이름들이
안부를 묻는 입 모양으로, 말끔한 눈망울로
다시 온다는 표정으로 지나가는데,
말하기 전에 웃는 소녀와 관자놀이를 쏘고 죽은 친구와
호수로 흘러가는 강물과 젊은 아버지의 장딴지
여하한 내 인연에 관계하고 싶었던 것들이 오목렌즈처럼
또렷하게 내 앞을 지나간다

나와 벽면 사이로 그들이 돌아온다
뇌수와 척수, 피처럼 살 속에서 펄떡이던 것들이
한데 섞이면 저런 빛깔이 되나
몸을 흡수한 마음의 테두리는 저렇게 구토하듯이
통곡하듯이 마냥 일렁이나
다가가면 마음이 장막처럼 솟아 나를 덮어 흔들고
멀어지면 명료한 테두리로 오롯이 비치는
가장 오래전의 나.

타지마할에서

드디어 젊은 릭샤꾼이 멈춰 선다
나보다 골이 더 깊은 이 사람 등 근육만 바라보면서
오는 내내 흔들리던 길

손짓으로 그가 내리라 한다
기울던 노을이 번들대는 그의 어깨에서 빛을 거둔다
담배를 빼 문 채 한숨 쉬는 옆모습
어쩌면 저렇게 내 아버지 젊을 때와 판박이냐

오백 년은 더 돼 보이는 저 눈의 피로
제 아버지 윗대가 물려준 것이라서 저토록 깊은가
일렁이던 길 끝에 타지마할은
필설이 어리댈 수 없도록 화려하고 웅대한 왕비의 무덤
그 앞에 선, 나나 그나 그저 어리숙해질 뿐

잔돈은 필요 없다니
그럼 어쩌라는 것이냐 하면서 물어오는
겁먹은 표정의 저 눈빛.

그리 아세요

—천안함 피격 사건 즈음

야, 야, 아서라 너 아니라도
널널한 대한민국 길거리에 시퍼런 애들
끓어넘친다
경고하는데, 네 엄마 뒷골 터진다
라고 협박하면서
혀 빠지게 말렸는데도 기어코 둘째가
해병대를 다시 지원했다
그리 아세요 아버지 ㅋㅋㅋ
섬으로 갈랍니다, 이왕 간 김에
화천에서 군화 신고 잔다는 형 생각도 좀 하고
잘난 구석 없지만 아버지, 지금은 내가
거기 가야 한다는 생각만 자꾸 들어요
아버님, 재고 가만히 있으면 안 되잖아요 ㅋㅋㅋ
쪽 팔 려 서 죽 겠 어 요.
말문이 닫힌다
ㅋㅋㅋ 없이 끝낸 문장 마침표 앞에서
진짜 쪽팔려 눈물이 다 난다.

제4부

싹

발코니 빈 화분에 싹이 났다
돌보지 않던 화초에 세차하듯이 물 뿌리다가
멈칫, 허리 숙이고 들여다보았다
돼지 꼬리 같은 어린싹이 햇살 화사한 유리창 앞에서
날벼락을 그대로 다 맞고 미동도 하지 않는다
엊저녁까지만 해도 없었던 목숨이다
한참을 바라보니 코가 찡하다
요 가녀린 것이, 우주처럼 광막한 어둠 속에서
아리아드네 실 찾듯이 밤새도록 땅속을 더듬었을 것이다
온몸을 뒤틀며 막막한 세상을 후비고
야들야들한 뿌리 사방에다 걸었을 것이다
그러다 방금, 천길만길로 떨어지는 폭포 아래서
그 몰캉한 손으로 거머쥔 세상 더욱 휘감아 붙들고
죽을 힘으로 몸을 말아 버티고 버텼을 것이다
실로 장엄한 생명 창조 현장이 바로 눈앞인데
발코니의 나는 참으로 딱하다
하잘것없는 나부랭이로 아내와 싸우는 사이
이곳 땅속은 대폭발하였고 그 열기 하늘을 뒤흔들었다
불구덩이 속에 물 같은 몸 똑바로 세운
이 어마어마한 것.

젊은 시

아내가 이제부턴 시를 젊게 써 보란다
슬픈 걸 배배 비틀어 꽈서
이쁘게 만드느라 용쓰는 일 그만하란다
대신 뭐랄까,
읽으면 머리끝까지 아드레날린이 솟구쳐
치통까지 싹 뽑아 버릴 그런 시
마트 갈 때마다 흥얼거리면 찌뿌둥한 마음
오이 꺾듯이 딱 소리 나게 해결하는
쌈박한 시를 써 보란다
가정의학에 빗대는 시를 쓰시라?
사람이 하는 일인데 안 될 건 또 뭐냐며
고춧잎을 대충 무쳐 밥상을 차리고
〈범 내려온다〉 이날치 판을 틀더니
아내는 슬그머니 저녁 마실을 가시나 보다
시인이 노벨 의학상도 탈 수 있다는
그럴듯한 정보를 찬으로 내놓고
시큰한 조명이 이쁘다고 소문난 요 앞 카페로
또 누굴 만나러 바삐 가시나.

앓고 나서

어디서 계집애들이
까치처럼 모여 노는가 보다
팔팔하게 찧고 까불며
지나가는 사람 뒤에서 나부대는지 까르르
허공을 흔드는 저 웃음소리
폭포에서 날아오는 방울꽃 같다
깔끔한 물방울들
꼼짝 않고 귓바퀴에 담고 있자니
등허리가 촉촉하게 젖어 온다
저물녘인데도 창가는 부옇게 밝아 오고
아이들 노랫소리는
강물로 넘실넘실 창틀을 넘어와
서늘하게 나를 띄운다
잠시 놓고 있었던 세상의 온갖 그리운 것들이
목덜미에서 마냥 일렁거린다
일어나야겠다.

딸기 우유

아버지는 한 달 전부터
딸기 우유만 달라고 하시네
서먹한 병실 한쪽에
둘이서 마주 보는 정물이 되어 앉아 있으면
삶과 죽음은 뒤엉켜 수상한 모습으로 구석에 서 있고
처음 본다는 표정으로 빨대를 문 채
나와 눈을 맞추는 아버지의 영혼
여생이 뺨에 졸아들어 뼈만 남은 얼굴의 아버지가
입바람 불듯 우유를 마시다가
근데 뉘신지요? 하신다
알고나 먹자는 듯이 오늘도 물으시는데
아아, 그럴 때마다
비릿한 딸기 향이 내 오장육부를 흔드는 동안
어제만큼 회복되는 아버지의 생.

미스 노

그녀가 왔다네
반송 엽서처럼 아흐레 만에
안 지치는 미스 노, 아픈 데는 없는지
볼링핀 같은 뒤태가 오금 저리는 서늘한 여자
사과 쥔 손 모양이 죽을 만큼 이쁜 여자
놀러 갈게요 큰언니
한 번도 안 놀러 온, 그래서 아내가 기다리는,
언제부턴가 나도 기다려지는, 창밖 보며, 가끔,
깐 마늘빛 종아리에 핏줄이 퍼레서
조금 슬퍼 보이는 여자
우편함에 이름이 수십 가지로 쌓여서 도저히
수배할 수 없는 불명의 여자
할머니와 중학생, 경비와 택배 기사에게도
똑같이 인사하는 아아, 쿨피스 같은,
어디에나 다 있으면서 누구에게도 흔적이 없는
바람 같은 미스 노
첫사랑같이 아리아리한 여자.

고해성사

아흔 되신 십오 층 할머니, 아침 미사에 늦으셨는지
엘리베이터 서자마자 잰걸음으로 나가신다
지우다 만 입술 루주가 왼쪽 턱까지 발그스름하다
겨드랑이에 성경 책은 간당간당 위태하다
잘 다녀오시라 인사하려는데
서걱대는 치맛자락 틈새에서
화장품과 지린내가 반반씩 섞인 듯한 묘한 냄새가
풍겨 오는 것이었다
뒷산에나 가볼까 해서 나섰다가
이내 그만두었다
저렇게 화사한 한복 안쪽에 꼭꼭 숨기신 슬픔이라니
죽음마저 향기로 꾸며 놓으신 채
할머니, 종종걸음으로 가셔서
어떤 비밀을 고백하시려나
길옆에 산수유 이제 막 피어서 자욱하다
성성하던 화단 목련은 그새 지고 없다.

작살나무

누가 심심해서 내던진 건가?
발음하기도 쑥스러워 죽겠는 저, 저
보라색 티팬티 한 장
아파트 출입구 왼쪽 화단 작살나무 가지에
보기 멋쩍은 앞태로 비스듬하다
잎겨드랑이에서 삐져나온 취산화서 꽃들
그쪽으로 목 빼고 오글오글 얼굴 디미는 북새통에
잔뜩 휘어진 나뭇가지가
온통 보라 열기로 야단법석이다
누굴까? 적막하기로 소문난 아파트 3번 통로를
작심하고 불 지른 사람
허리 애써 젖히고 이십오 층 빼꼼한 쪽창부터
한 층 한 층 따져 가며 탐문해 보는데
사람들 얼굴 도통 모르겠다
창마다 걸어 잠근 비밀 천지삐까리다
시리게 비치는 하늘만 볼수록 짙푸르다.

저 여자

한 달 넘게 신호등 네거리에서
아무 승용차 도어 손잡이를 잡아 흔드는 여자
제발 나 좀 데려가 달라며
운전석 유리에 얼굴을 들이박는 저 여자
무리에서 낙오된 갈까마귀 같다
어떤 사달이 저토록 치렁한 머리채를 휘감아
편대 밖으로 패대기쳤는지
또 어떤 가십거리가 이륙 신호 앞에서
뒤꿈치를 도렸는지 모를 일이나
낼 출근길엔 저 여자 큰 소리로 불러 차에 태우리
너를 옆에 태우고
내비게이션에도 뚜렷하게 활주로로 표시된
이 대로를 박차고 날아올라
애절하게 날고 싶은 저 망망한 창공
그 길의 한쪽에 널 놓아 두리
나도 가고 싶었던 저쪽으로 날아가리.

장모

오늘도 장모는 양철 대문을
활짝 열어젖히고
불 밝힌 봉당에 오도카니 서 있는 것입니다
꿈자리가 사나워서 들러 보는 저녁 처갓집
구죽구죽 또 비는 오시는데
뒤란에 개살구나무처럼 홀로 늙은 장모가
수상한 부뚜막 그늘 속에서
머슴밥을 풉니다
약은 때마다 챙겨 드시고?
무릎 위로 돌아다니는 죽음을 토닥이다가
이내 곧추세우고
별일 없지렴? 장모는 괜히 딴청을 피웁니다
개다리소반을 물리고 나면
나는 그새 볼일 끝낸 빚쟁이 얼굴로
다시 골목을 돌아 나옵니다

얼추 이러길 한참 되었습니다.

아버지의 집

누가 다녀간 것 같다
마감 날 오후 늦게 아버지 사망신고를 하고
뜻 없이 둘러보는 빈집 마당엔
여기저기 잡초가 귀신을 껴안고 성성하다
반쯤 열린 장독 뚜껑 옆에
분갈이하시던 화분은 그대로인데
화초는 언제 말라 죽고, 안에 누가 있는 것처럼
화장실 문이 한 뼘으로 열려 있다
아버지를 둘러업고 실성하며 대문을 나설 때
굵고 나직한 신음이 집 안에서 울렸지
다시 오기는 틀렸어
그랬었구나
아버지를 보내고, 대문을 박차던 나도 보내고
집 떠날 준비를 마친 아버지의 집
구석구석에 박혀 있던 것들 죄다 데리고
마지막 볼일을 보고 갔구나.

도道

약차 얻어 마시러 보경사에 갔더니
팔짱을 낀 채 나긋하신 차 도사道士 스님
까슬까슬 비틀어진 뒤뒤한 찻잎을
세 손가락으로 대충 집어
누리끼리한 다관 속에 팍, 뿌리고는
지랄, 요렇게 비틀린 모타리에 도는 무슨 얼어 죽을
큰소리하시고 진지하시다

시음 대중 입을 봉하는 일갈 속에서
펄펄한 화탕지옥에서
한 올 한 올 트이는 저 파릇한 길.

풍란風蘭

석부작에 물 뿌릴 때마다
어느 시인의 비유가 생각나는 거야
비 오는 호수
수면에서 튀는 빗방울을 물꽃에 빗대면
그 꽃은 뿌리가 없으니
고통도 없을 거라고 하는 깊은 사유
그런 게 난 잘 안 되는 거야
허옇게 메마른 뿌리에다 자꾸자꾸
물꽃을 피우면
마냥 흐뭇하고 그윽해지는 거야
방울꽃은 순식간에 피고 지며 속절없는데
이내 비릿해지는 꽃향기 속에서
빳빳한 고통을 시퍼렇게 껴안은 이파리들이
창끝처럼, 서늘하게만 보이는 거야.

저 눈빛

복지회관 정자나무 아래에
상노인이 혼자서 밥을 잡숫고 계신다
고개를 세우고 어디 한곳을
눈 시린 표정으로 오래오래 바라보시며
오물조물 씹으신다
나뭇가지 사이 노을에 물드는
무상무념한 옆모습
비우고 채우고 다시 비웠던
지난날을 말씀하고 계시는 게 아니라
일용할 양식을 처리하는
수백만 년 시행해 왔던 인류 보편의 방식으로
시위하시는 게 아니라
저 눈빛, 허물어진 아래턱으로
조곤조곤 눌러 가라앉히는 울음일까?
소화시키고 싶은 어느 한쪽
망연히 바라보시는.

오미리

어쩌다 한 번씩 그래
마누라도 두 아들도 낯설어지는
쉰다섯 후진 몸
양구 방산 오미리, 어느 산골에 부려 놓고
낮이고 밤이고 누이고 싶었네
골짝 별이 능선 따라 자박자박 내려오는 곳
오가는 게 짐승이건 사람이건 귀하기로
밤에 소리쳐 부르면
여기저기 숨어 있던 귀 달린 것들
그 자리에서 소스라치리
언제쯤일까?
여인숙으로 숨어들던 휴가병처럼
내가 죽은 후에 안부를 물어 올 첫사랑처럼
머리맡에 담그고 싶은 마음
그 서늘한 자리끼를 한 사발 들이마시면
발끝까지 시원하게 씻겨 나갈 동틀 녘
다시 돌아 나오는 오미리 길.

돌아보기

왠지 등어깨가 포근해서 돌아보니
꿈에서 깬 사람 얼굴로 놀라 서 있는 너
두 걸음으로 가까워진 거리에서 이제야 만나는구나
은은한 숨결 뒤에 두고도 널 듣지 못한 건
너도 내 방식으로 숨 쉬기 때문이냐
내가 울면 너는 팔뚝을 물었고
소리치며 좋아 웃으면 우는 듯이 웃었느냐
그렇다면 왜 구태여 나를 따라왔느냐
돌아보는 순간에라도 날 부를 순 없었느냐
언젠가 골목길 가로등 불빛이 사무쳐 돌아봤을 때
너는 생경한 곳으로 달아나 숨어 버렸다
그러지 말라 손들며 난 목이 메는데, 너는 모퉁이에서
아주 긴 그림자로 나를 바라보았다
소슬바람처럼 불어오던 고독
그랬느냐, 너는 방금 전까지 그렇게 외로웠던
나였느냐.

말

중지 끝을 지그시 누지르면 괜찮대요
요즘 별나게 목이 잠겨 컥컥대는 내 꼴이 사납던지
목구멍과 손가락이 통한다며
휴대폰 들여다보던 아내가 한 소리 한다
누르니 순간, 눈물 날 지경으로 아프다
아하, 그러니까 입때껏 나는 뭘 끄적거린답시고
목구멍을 두들겨 댔다는 얘기다
그랬구나, 말하는 게 이렇게도 힘들었으니
쓰는 것도 덩달아 괴로웠던 것
모니터에 호치키스 찍듯이 박던 문자들
세상 처음인 듯 날뛰며 내놓고 까닭도 없이 버렸던 말들
수없이 지우고 옮기고 바꾸고 덮어씌웠던
상처 입은 진실이 헐어 문드러진 채
내 목에 옹이처럼 불거져 있었구나
찐득한 진물을 밀어 올려
목구멍을 가로지르려 하였구나.

사창리

초행인데도 낯설지 않다
어젯밤 꿈에 마지막 첨병으로 다녀온 이곳
첫 면회차 새벽 포항을 달려온 화천군 사내면
삼삼한 계급장이 내 가슴에도 즉답으로 매달릴 이 년 남짓
아들은 짙푸르게 깊어 갈 것이다
제 아들에게 들려줄 사건 하나하나를
견장에다 유산처럼 매달 것이다
낳아 준 내가 오늘 여기서는 새끼가 되어
산에서 내려온 아들의 뒤를 따라 말없이 걷는다
편의점과 군인 백화점이 다닥다닥한 골목으로
우우 몰려다니는 연한 무릎들
만났던 곳에서 다시 만나는 얼굴들이
희한하게 반가운 곳
오십 년 뒤에도 이곳은 아마 그러하리
산천은 여전히 의구하고
인걸은 여기저기 간 곳 있으리.

'직선'의 끝에서 만나는 '서정의 힘'

—정건우 시집『직선』에 대하여

김재홍(시인, 문학평론가)

문득 가슴이 덜컥 무너져 내릴 때가 있다. 갑자기 다리에 힘이 풀려 휘청거릴 때가 있다. 불현듯 마비가 오고, 졸지에 기절하고, 부딪히고 터지고 쓰러지는 순간이 있다. 삶은 마치 죽음의 다른 이름이라는 듯 가슴에 창을 들이대고 다리에 칼날을 휘두른다. 삶을 고통으로 인식하는 많은 이들에게 인생은 피 흘리는 상처투성이 병사의 쓰라린 육신과 같다.

한 사람은 자신의 얘기를 들어 달라 하고, 다른 사람은 자신의 얘기를 글로 표현하려고 한다. 나의 인생이 문학이며, 내가 하는 말이 곧 소설이라고 하는 사람들이 많다는 것은 생의 현장에서 흘린 피의 농도가 더없이 진하다는 것의 표상이라 할 수 있다. 마찬가지로 자신의 얘기를 문자로 표현하고

자 하는 사람들이 줄어들지 않는다는 것은 수만 년 인간의 내력이 변치 않았다는 방증이기도 하다.

'서정'이란 남루한 삶의 가장자리로 내몰린 쓰라린 영혼들의 조용한 웅변인지 모른다. 그러므로 서정에는 언제나 피의 냄새가 묻어 있고, 그 상처를 달래는 간절한 비원이 담겨 있으며, 우리는 너나없이 하나라는 보편적 공감에의 호소가 담겨 있다. 서정은 삶과 함께하면서도 그것과 영원히 길항하는 인간의 운명을 표현하는 양식이다.

그렇기에 서정시는 인간의 역사를 벗어날 수 없었고, 앞으로도 벗어나지 않을 터이다. 또한 우리는 서정시를 버릴 수 없고 벗어날 수도 없으리라. 우리는 서정의 힘에 기대어 살아가야 하며, 그렇게 살아갈 운명을 타고난 존재이기 때문이다. 정건우가 '직선'의 끝에서 만나게 된 것이 결국 '서정의 힘'일 수밖에 없는 것은, 그 역시 우리 모두와 같은 운명을 견디며 살아왔기 때문이다.

서정은 한겨울 혹한의 추위 속에서 만나는 온천수와 같은 것이며, 한여름 무더위 속에서 한 모금 마시는 얼음물 같은 것이다. 서정시는 우리 삶의 극한에서 외치는 비명 같은 것이지, 유유자적 음미하고 관조하고 농월弄月하는 풍류가 아니다. 그리고 정건우의 시는 그러한 서정시의 책무를 일관되게 실천하고 있다.

　　그토록 보고 싶어 했던 바다를
　　열일곱에 처음 봤을 때

눈물만 나더라

강원도 양구 산골에서는

단 한 번 꿈에서도 볼 수 없었던

세상에서 가장 길고 선명한 직선이 무섭게

끝도 없이 그어져 있더라

파도 앞에 주저앉아 많이 울었다

구름 사이로 뽀얀 햇살은

수만 갈래로 흩어져

아득한 수평선에 화살처럼 내리꽂히고

고요하고 시퍼런 바다

눈물 속에서 그저 넘실대고만 있더라

어쩌라고,

아아, 나더러 뭘 어찌하라고.

—「직선」 전문

단 한 번도 바다를 본 적 없는 산골 소년이 있었다. 아름드리 소나무가 군단을 이룬 숲은 한낮에도 컴컴한 그늘을 드리웠고, 밤이면 쩌렁쩌렁 고함을 치고는 했다. 그럴 때마다 소년은 이불 속으로 몸을 숨기고는 했다. 숲이 눈을 뜨면 일어나고 숲이 눈을 감으면 잠에 드는 소년이었다. 그런 소년은 어느 날 어버이를 따라 밤 열차를 탔다. 자는 듯 마는 듯 가도 가도 끝이 없는 철길을 달리고 달렸다.

바다에 가까워질수록 소년은 알 수 없는 거대한 소리를 들어야 했다. 멀리서 밀려드는 소리, 가까이에서 부서지는 소리, 쉬지 않고 몰려드는 소리의 군단이었다. 솔숲이 내지르는 고함과는 비교할 수 없는 낯선 소리는 소년을 공포에 떨게 만들었다. 눈곱 낀 침침한 눈에 뻐근한 허리와 무지근한 다리를 건디던 소년은 마침내 소리의 실체를 보았다. 새벽녘 해무海霧를 헤치고 떠오르는 태양 아래 펼쳐진 거대한 물결이었다. 높이를 알 수 없는 수직의 솔숲이 아니라, 넓이를 가늠할 수 없는 수평의 바다를 보았다.

정건우는 여기서 '직선'을 보았다. "세상에서 가장 길고 선명한 직선"이었다. 이것은 수직과 수평의 경계를 무너뜨리는 직선이다. 좁고 높은 수직과 넓고 낮은 수평이라는 대립적 이원론을 넘어 정건우는 '직선'에 새로운 의미를 부여하고 있다. 그에게 직선은 일차적으로 "고요하고 시퍼런 바다"를 표상하는 것이지만, 근원적으로는 자연에 귀의할 수밖에 없는 인간의 '외길'을 시사한다.

그렇기에 "아아, 나더러 뭘 어찌하라고" 하는 탄식은 단순한 한탄을 넘어 인간의 본질에 대한 깨달음이기도 하다. 바다는 인간사에 개입하지 않는다. '강원도 양구' 산골 소년의 희망도 절망도 야망도 갈망도 괘념치 않는다. 바다는 그저 "넘실대고만" 있을 뿐이다. 불가항력, 바다는 산골 소년의 하염없이 흐르는 눈물과는 상관없이 그저 밀려왔다 밀려갈 뿐이다.

그러나 그곳이 바로 우리 모두가 돌아갈 곳이다. 자연은 단 한 사람의 예외도 인정하지 않은 채 모든 이를 품는다. 정건우는 거대한 직선이 되어 넘실대는 바다에서 바로 이런 의

미를 깨달았다. 자연을 향한 '외길의 삶'. 이것이 정건우가 제시하는 '직선'의 깊은 의미이다. 이처럼 정건우의 서정은 '유유자적 음미하고 관조하고 농월弄月하는 풍류'가 아니다.

정건우의 서정은 생을 통찰하면서, 그것에서 죽음을 사유한다. 그는 삶과 죽음의 경계를 넘나드는 시편들을 통해 영원히 길항하는 존재일 수밖에 없는 우리의 비명 소리를 담는다.

가령 생명과 건강을 위해 담배를 끊은 사람들이 있다고 치자. 그들이 혈기방장한 청년 애연가에서 중후 장대한 금연가가 되어 노후를 대비한다고 생각해 보자. 그런데 어느 날 갑자기 다니던 회사가 부도에 직면하고, 그들이 실직의 위기에 내몰렸다고 하자. 목이 마르고 입술이 타들어 가는 절체절명의 순간, 아내와 아이들과 형제들의 얼굴이 떠오르고, 앞날에 대한 불안과 공포가 몰려들며 몸은 쓰러질 것 같은 상태에 내몰렸다고 하자.

나와 윤 모는 회사를 같이 다니며
한 십오 년, 담배를 나눠 피웠다
마누라 등쌀에 한날한시
둘이 담배를 끊고 삼 년이 지나서
입술이 깔끔해질 무렵
회사가 덜컥 부도가 나는 것이었다
사방에 전화가 서릿발 같은 밤 아홉 시
담배 두 개비를 구해 와서
하나를 슬그머니 윤 모에게 건네니, 그는

사무실 전등을 묵묵히 잡아 끄고
내 담배 끝에 불을 댕겨 주는 것이었다
두 불이 마주 보며 숨을 쉬는데
그럴 때마다, 검붉은 빛깔의 우주가 앓는 짐승 소리로
소멸 생성을 반복하는 것이었다
소름 끼치도록 시뻘건 생명의 한복판을
눈앞에서 보았다.

—「담배」 전문

　이번 시집의 가장 빼어난 시편 가운데 하나인 「담배」는 정
건우식 서정의 극한의 양상을 보여 준다. 두 가지 극한이 있
다. 내용의 극한과 표현의 극한이다. 내용의 극한은 앞서 본
바와 같이 부도가 나 버린 회사를 다니는 두 친구의 놀랍고
암울한 현실이다. 경제적 위기와 생명의 위기가 예고된 상황
이 내용의 극한을 이룬다.
　표현의 극한은, "소름 끼치도록 시뻘건 생명의 한복판"에
압축적으로 담겨 있다. 끊었던 담배를 다시 피우는 두 사람
의 내면을 "검붉은 빛깔의 우주가 앓는 짐승 소리"로 비유하
면서 그것이 '생명의 한복판'이라고 말하는 시구는 삶과 길항
하는 존재인 인간의 조건을 예각적으로 보여 주고 있다. 표
현은 표현되지 않은 것까지 포함한다. 표현된 시어와 시구
의 이면 혹은 그 사이에서 표현되지 않은 의미가 드러난다.
　두 가지 극한은 이 작품을 고도 자본주의사회를 살아가고
있는 현대인의 운명과 뗄 수 없는 위기의 양상을 매우 실감

나는 서정적 구조 속에 담아내는 데 성공하게 만들어 주었다.

> 벽장을 열면 튼튼한 어둠
> 배내옷에 게워 놓은 내 젖내가 숙성해 있고
> 고민 많던 청년의 눈물이
> 켜켜이 쌓인 시간 속에 절어 있다
>
> 사랑해서 차마 버리지 못한
> 색 바랜 가방 같은 물건들이 숨을 쉬나니
> 밤잠을 설치다 울음으로 떠났던 그때로 돌아와
> 이토록 가슴 아린 향기를 품다니
>
> 첨이자 마지막으로 입술 주고 떠난 여자의
> 이별 끝에 만져지던 손톱처럼
> 먼지 속에서도 번들거리는 저 표면들
> 가슴 세우고 깨금발로 서서
> 눈물 고이게 숨을 들이켜 본다
>
> 미련에 떠돌다가
> 숨길을 타고 들어 온 콧속의 먼지들이
> 숨 쉴 때마다 파리하게 소스라친다
> 허파 속 가장 깊은 곳을 돌아 나온 벽장 공기가
> 보이차 같은 쿰쿰한 향내로
> 고단한 먼지들을 삭인다.
>
> ──「벽장」 전문

'벽장'은 고정된 공간이다. 그곳은 아주 "튼튼한 어둠"으로 가득 차 있다. 배내옷이 있고, 거기 젖내가 있고, 눈물이 있다. "먼지 속에서도 번들거리는 저 표면들"은 고정되어 있다. 벽장은 가만히 서서 움직이지 않기에 수많은 것들을 모아 둘 수 있다. 그러나 이것이 시적 화자를 "가슴 세우고 깨금발로 서서" 숨을 돌이켜 보게 만들었다. 벽장은 이미 지나간 것들을 묶어 두고 있기 때문이다. 거기에는 화자를 스치고 지나간 시간들이 켜켜이 쌓여 있다.

벽장은 움직이는 시간을 고정시키는 장치이다. 그러니까 정건우는 움직이지 않는 것들 속에서 움직이는 것을 본 셈이다. 벽장에는 "색 바랜 가방 같은 물건들"만 있는 것이 아니다. "고민 많던 청년의 눈물"도 있고, "첨이자 마지막으로 입술 주고 떠난 여자"도 있다. 시간에 의해 산일된 것들에 대한 향수가 화자를 벽장 속으로 이끌었고, 거기서 "가슴 아린 향기"를 느낄 수 있었다. 「벽장」은 자신을 거쳐 간 시간의 편린들을 보관하는 곳, 정건우는 지금 그 시간들 속을 헤매고 있다.

그러므로 지나간 시간에 대한 회귀적 심성은 단순한 향수를 넘어선다. 단지 지나간 것이어서 되돌아보는 게 아니라, 그것들은 화자에게 상처를 준 것들이거나 절망을 안겨 주었던 것들도 포함하고 있기 때문이다. 작품 첫 행에 제시된 "튼튼한 어둠"이 그러한 사실을 암시해 준다. 결국 '벽장'은 화자의 향수를 달래 주는 매개체가 아니라 상처와 고통을 보편적 지평으로 넓힘으로써 위안과 위로를 선사하는 장치라고 할 수 있다.

　　죽도시장 입구에서
　　포항 역전을 향해 걸어 봅니다
　　노망든 아버지가
　　질경이처럼 누워 있는 식물 아내를 만나러
　　한 달에 두 번 중얼중얼 바닥을 헤며 걷던 길입니다

　　보도블록에 알 듯 말 듯 박혀 있는 세상
　　이백사십오 밀리 운동화 두 바닥으로 훑어 가면서
　　세 번 넘어졌다던 역전을 휘돌아
　　철둑 건너 노인 병원으로 갔을 아버지

　　역 광장 벤치에 사람들은 꿈꾸는 표정들입니다
　　기차가 한 방향으로 늘어서 있듯이
　　앉아 있는 사람들도 결국, 일어서서
　　모두 어디론가 갈 것입니다

　　아닌 듯 긴 듯
　　별안간 명료해지던 아버지 기억마냥
　　기적 소리가, 철둑을 넘어가는 내 귓가에
　　오래전 누구에게 했었던 약속처럼 들려옵니다.
　　　　　　　　　　　　　—「포항 역전을 지나며」 전문

바다에만 직선이 있는 게 아니란 사실을 「포항 역전을 지

102

나며,가 웅변하고 있다. 바다의 직선만이 인간 존재의 '외길'을 표상할 수 있는 게 아니라, '한 방향으로 늘어선' 기차 역시 얼마든지 그러한 사실을 드러낼 수 있다. 또한 더욱 심장하게 표현해 낼 수 있게 한다. 작품의 도입부에는 이미 떠난 아버지가 생전에 "식물 아내"를 보기 위해 걸었던 길을 뒤따르는 아들이 등장한다.

그 길은 "노망든" 아버지가 "한 달에 두 번 중얼중얼 바닥을 헤며 걷던 길"이다. 여기서 이미 또 다른 직선이 보인다. "보도블록에 알 듯 말 듯 박혀 있는 세상"의 끝에는 노인 병원이 있고, 그 너머에는 우리 "모두 어디론가 갈" 바로 그곳이 있는 것이다. 그곳은 물론 「직선」에서 보았던 자연을 향한 '외길의 삶'이자 '직선의 죽음'이다. 그것은 인생의 신산고초를 모두 견뎌 낸 단선 철로이다. 이처럼 '직선'의 끝에서 정건우의 서정은 더욱 빛을 발한다.

그러나 이는 어떤 근본적인 단절의 '외길'이 아니다. 정건우에게 직선의 이 길은 비록 회피할 수는 없지만, 그렇다고 지금-여기의 삶과 완전히 끊어진 것은 아니다. "다시 오기는 틀렸어"라며 자신의 집을 향해 '나직한 신음'을 뱉고 떠나는 안타까운 순간을 기록한 「아버지의 집」은 삶이란 죽음을 향해 직진 운동밖에 할 수 없는 것이라고는 하지만, 기어이 되돌아오고야 마는 인간의 영원성을 함축하고 있다.

떠난 아버지는 아들딸의 기억에서 영원을 살며, 그 아들딸의 아들딸에 의해 다시 기나긴 기억의 '외길'을 걷게 된다. 정건우에게 직선은 일차적으로 죽음을 향할 수밖에 없는 인간

존재의 비극성을 표상하지만, 동시에 영원히 끊어지지 않는
인간의 가능성을 포함하고 있다.

누가 다녀간 것 같다
마감 날 오후 늦게 아버지 사망신고를 하고
뜻 없이 둘러보는 빈집 마당엔
여기저기 잡초가 귀신을 껴안고 성성하다
반쯤 열린 장독 뚜껑 옆에
분갈이하시던 화분은 그대로인데
화초는 언제 말라 죽고, 안에 누가 있는 것처럼
화장실 문이 한 뼘으로 열려 있다
아버지를 둘러업고 실성하며 대문을 나설 때
굵고 나직한 신음이 집 안에서 울렸지
다시 오기는 틀렸어
그랬었구나
아버지를 보내고, 대문을 박차던 나도 보내고
집 떠날 준비를 마친 아버지의 집
구석구석에 박혀 있던 것들 죄다 데리고
마지막 볼일을 보고 갔구나.

　　　　　　　　　　　　　　　　—「아버지의 집」 전문

이처럼 '직선'의 끝에서 만난 정건우의 '서정'은 삶과 죽음
을 통섭하는 놀라운 차원에 도달한다. "여기저기 잡초가 귀
신을 껴안고" 있는 아버지의 빈집은, 마치 누가 다녀간 듯이

"화장실 문이 한 뼘으로 열려" 있고 "구석구석에 박혀 있던 것들"이 죄다 볼일을 보고 간 듯하다. 집은 산 자의 기억만 보관하고 있는 게 아니라, 그가 떠난 뒤에도 흔적을 남기며 되살아나는 것이다.

그런 점에서 인간 존재의 운명을 비극적으로 인식하면서도 그것을 뛰어넘는 연속적 사유를 보여 주는 「아버지의 집」은 정건우의 서정이 가진 힘을 느끼게 한다. 이 밖에도 본 해설에서 다루지 못한 「생각하며」 「통곡」 「미애」 「발바닥」 「칠 번 국도」 「가도상회」 「포항선착장」 「거룩한 방뇨」 「해처럼」 「낙엽」 「생生이 지나간 자리」 「그리 아세요」 「젊은 시」 「도道」 등 상당히 많은 작품은 그 서정의 힘을 깊이 내장하고 있다.

"2005년도에 첫 시집을 겁 없이 냈다"면서 자신이 간행한 앞선 두 권의 시집을 "맹탕 헛것"이라고 말하는 겸양도 매우 든든한 시적 자세이지만, "1부는 1집, 2부는 2집에서 각각 뽑아 새로 고쳐 …(중략)… 부분 개작 시집을 **어쩌면 마지막이 될 수도 있겠다는 생각으로** 발간하는 셈"이라며 "이렇게라도 해서 옛날 천둥벌거숭이를 위로해야겠다"고 고백하는 것도 참다운 시인만이 가질 수 있는 미덕이라고 할 수 있다(강조 인용자).

우리는 이제 정건우식 '서정의 힘'을 보고 느끼고 향수하면서, 우리 모두가 마주하게 될 '직선의 끝'을 향해 걸어가면 될 일이다. 또 그 끝에서 다시 회귀하는 '인간의 힘'을 지켜보면 될 일이다.

천년의시인선